W0340918

MARYLICIOUS

Ein Löffelchen Liebe

Maria Panzer

Let's bake!

Das Backbuch für Teenager

Liebe Bäckerinnen,

ich backe aus Leidenschaft. Eine der schönsten Sachen der Welt ist es für mich, in der Küche zu stehen, einen verheißungsvollen Kuchenteig zusammenzurühren und ihm beim Aufgehen zuzusehen, während der verlockende Duft durch das ganze Haus strömt. Genauso gerne dekoriere ich den fertigen Kuchen, setze ihn für appetitliche Fotos in Szene und genieße ihn dann gemeinsam mit guten Freunden. Für mich gibt es keine schönere Art den Tag zu feiern!

Es erstaunt mich immer wieder, wie viele unterschiedliche Kuchen sich aus den grundlegenden Zutaten wie Eier, Mehl, Zucker und Butter kreieren lassen. Darüber hinaus sind fast alle meine gebackenen Schätze wirklich schnell fertig zu stellen und mit ein paar kleinen Kniffs und Tricks fallen sie am gedeckten Tisch immer liebevoll auf!

Um meine Liebsten mit Selbstgebackenem zu erfreuen, nehme ich mir immer Zeit. Ob Geburtstag, Mädelsabend, Kinobesuch, Picknick oder spontane Party mit Freunden – es gibt unzählige Gelegenheiten strahlende Augen zu zaubern.

Ich möchte die Freude, die meine Kuchen hervorrufen mit anderen Menschen teilen und deswegen veröffentliche ich seit 2012 meine Küchenkreationen regelmäßig auf meinem Foodblog www.marylicious.de. Bereits als Teenager habe ich für mein Leben gerne gebacken und deswegen freue ich mich sehr, dass ich dieses Buch für euch schreiben durfte.

Bindet euch eine hübsche Schürze um und zaubert eurer Familie und euren Freunden in kürzester Zeit ein Lächeln aufs Gesicht – wie das geht, verrate ich euch auf den kommenden Seiten und in einigen Videos, die ich extra für euch gedreht habe!

zum VIDEO

http://www.topp-kreativ.de/let-s-bake-maria

Ich freue mich auf euer Feedback und wünsche euch viel Spaß beim Nachbacken!
Eure,

Maria

MARYLICIOUS
Ein Löffelchen Liebe

Inhalt

Die Videos zu diesem Buch stehen im TOPP Video-Center unter **www.topp-kreativ.de/downloadcenter** nach erfolgter Registrierung zum Anschauen bereit. **Der Freischalte-Code lautet: 17240**

to enjoy

to go

Backtipps für dich

Dekorieren & verschönern

Bevor du loslegst

- ★ Bevor du loslegst, solltest du dir die Rezepte immer genau durchlesen. Achte auf Zubereitungs-, Back- und eventuelle Kühlzeiten, um den Zeitaufwand einzuschätzen.
- ★ Kontrolliere, ob du alle Zutaten daheim hast oder ob du vielleicht vorher noch einkaufen gehen solltest. Es gibt nichts ärgerlicheres, als das Backen unterbrechen zu müssen, weil man vergessen hat Butter zu kaufen oder das Mehl aufgebraucht ist.
- ★ Überlege dir beim Durchlesen, ob du alle Schritte alleine schaffst oder ob du dir Hilfe von deinen älteren Geschwistern oder deinen Eltern holen solltest.
- ★ Lass dir alle Küchengeräte erklären und hantiere vor allem das erste Mal nicht komplett auf eigene Faust! Stecke unbedingt die Küchengeräte aus, bevor du in die Schüssel greifst. Niemand soll sich beim Backen verletzen.
- ★ Ich backe am liebsten bei Umluft. Da aber nicht alle Öfen eine Umluft-Einstellung haben, habe ich fast immer die Gradzahl für Ober-/Unterhitze angegeben. So stellst du deinen Ofen richtig ein:

  Ober-/Unterhitze: 180° C
  Umluft: 160° C
  Gas: Stufe 3

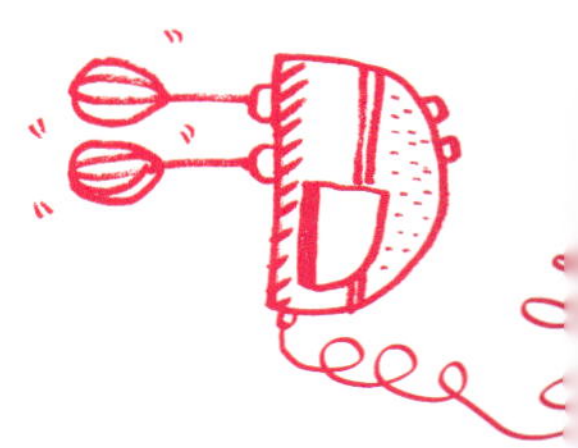

- ★ Deine Eltern freuen sich über dein Backwerk umso mehr, wenn du die Küche sauber und aufgeräumt hinterlässt.
- ★ Übung macht den Meister! Die Rezepte in diesem Buch sind mit Schwierigkeitsgraden gekennzeichnet. Hast du noch gar keine Backerfahrung, fängst du am besten mit den einfachen Rezepten an. Bei schwierigeren Rezepten kannst du dir über die Schulter schauen und helfen lassen oder dir einfach das passende Video ansehen.
- ★ Keine Angst: Alle Rezepte sind für Backanfänger geeignet und selbst bei den schwierigen Rezepten musst du kein Profibäcker sein, wenn du ein tolles Ergebnis erhalten möchtest.
- ★ Ab Seite 112 habe ich dir allerlei wichtiges Wissen zum Thema Backen zusammengefasst. Also blättere einfach zum letzten Kapitel, um noch mehr zu erfahren.

Ich wünsche dir viel Spaß beim Backen!

Maria

YUMMY

to impress

Oma hat Geburtstag? Deine beste Freundin hat Liebeskummer? Du triffst deinen Schwarm zum ersten Mal? Dann kommen diese süßen Sünden genau richtig!

6 Stück

Eis-Kuchen-Pops

Zubereitungszeit: 45 min · Backzeit: 45 min + 90 min Kühl-/Trockenzeit · Schwierigkeitsgrad: mittel

Zutaten

125 g Butter
125 g Zucker
1 Päckchen Vanillezucker
2 Eier
250 g Mehl
1/2 Päckchen Backpulver
1 Prise Salz
75 ml Milch
100 g Frischkäse
200 g Zartbitterschokolade
Zuckersterne

Zubereitung

- Ofen auf 180° C Ober-/Unterhitze vorheizen. Butter, Zucker und Vanillezucker schaumig schlagen. Eier unterrühren. Mehl, Backpulver und Salz mischen und unterrühren. Zuletzt Milch dazugeben. Eine Kuchenform mit Backpapier auslegen und den Teig einfüllen. Den Kuchen 45 Minuten backen.

- Den abgekühlten Kuchen sehr fein zerbröseln. Kuchenbrösel mit Frischkäse vermengen, bis eine formbare, aber nicht zu weiche Masse entsteht. Die Masse in Eisformen drücken oder das Eis per Hand formen. Ein flaches Holzstäbchen in das Eis stecken. Die Eis-Pops 30 Minuten im Kühlschrank kühl stellen.

- Schokolade schmelzen und das Eis mit einem Silikonpinsel mit der Schokolade bestreichen. Mit Zuckersternen verzieren, bevor die Schokolade trocknet. Einen Styropor®Block mit Alufolie umhüllen. Die Eis-Pops in das Styropor® stecken und 1 Stunde trocknen lassen.

Eiskalt erwischt – in der knackigen Schokoladenhülle versteckt sich ein Kuchen statt einem Eis.

Wolkenweiche Marshmallows

Zubereitungszeit: 20 min Trockenzeit: 1 h Schwierigkeitsgrad: einfach

Zutaten

1 EL Sonnenblumenöl
2 EL Speisestärke
250 g Puderzucker
1 Päckchen Vanillezucker
2 Päckchen Sofortgelatine
200 ml Wasser

Zubereitung

- Das Öl auf ein Küchenpapier geben und damit eine mittlere Auflaufform einfetten. Speisestärke mit 2 EL Puderzucker sorgfältig mischen. Die Auflaufform mit der Stärke-Puderzucker-Mischung mithilfe eines feinen Siebs ausstreuen.
- Den restlichen Puderzucker mit dem Vanillezucker in eine Rührschüssel füllen. Die Sofortgelatine mit dem Wasser vermischen, bis sie sich aufgelöst hat. Die aufgelöste Gelatine zum Puderzucker geben und mit dem Handrührgerät aufschlagen, bis eine einheitliche und gut gießbare Masse entsteht. Diese sofort in die Auflaufform füllen, eventuell mit einem Teigschaber glatt streichen und 1 Stunde lang bei Zimmertemperatur fest werden lassen.
- Die Oberfläche mit der Puderzucker-Stärke-Mischung bestreuen. Mit einem Plätzchenausstecher Wolken ausstechen und die entstandenen Ränder in der Puderzucker-Stärke-Mischung wenden.

Wer bis jetzt nur die fertige Version aus dem Supermarkt kennt, wird diesen wolkenweichen Marshmallows ab dem ersten Bissen erliegen. Alle anderen sind schon auf Wolke Sieben!

Hat dein Papa demnächst Geburtstag oder feiert dein großer Bruder seinen Junggesellenabschied? Dieser Kuchen gefällt den Herren unter Garantie!!

Schnurrbart-Kuchen

Zubereitungszeit: 25 min **Backzeit:** 45 min **Schwierigkeitsgrad:** mittel

Zutaten

75 g Butter
75 g Zucker
1 Päckchen Vanillezucker
2 Eier
75 g Schokoladenstreusel
75 g gemahlene Haselnüsse
65 g Mehl
2 EL Kakaopulver
2 TL Backpulver
1 Prise Salz
100 g Zartbitter-Kuvertüre

Zubereitung

- Eine Springform (ø 20 cm) einfetten. Den Ofen auf 180° C Ober-/Unterhitze vorheizen. Butter, Zucker und Vanillezucker schaumig schlagen. Die Eier unterrühren. Schokoladenstreusel, Haselnüsse, Mehl, Kakao, Backpulver und Salz mischen und mit dem Handrührgerät unter den Teig rühren. Den Kuchenteig in die Form füllen und 45 Minuten backen.
- Den Kuchen gut auskühlen lassen und wie ein Yin-Yang-Zeichen in zwei Stücke schneiden. Das eine Stück auf die Rückseite drehen und die einzelnen Teile wie einen Schnurrbart aneinanderlegen. Die Kuvertüre im Wasserbad schmelzen, die beiden Kuchenstücke damit fixieren und den gesamten Schnurrbart-Kuchen bestreichen.

Tipp

- Durch den Schokoladenüberzug wird keinem deiner Gäste auffallen, wenn ein Kuchenstück verkehrt herum liegt.

Punkte kommen nie aus der Mode und sie haben sich zur Feier des Tages in ein schickes Kleid aus Limettenquark geworfen.

6 Stück

Käsekuchen ohne Backen

Zubereitungszeit: 20 min Kühlzeit: 4 h Schwierigkeitsgrad: einfach

Zutaten

6 Löffelbiskuits
3 Blatt Gelatine
1 Bio-Limette
150 g Joghurt
200 g Magerquark
100 ml Sahne
Schokoladenstift

Zubereitung

- Die Löffelbiskuits zerbröseln und gleichmäßig auf die Gläser verteilen. Gelatine 5 Minuten in kaltem Wasser einweichen. Limette waschen, Schale abreiben und den Saft auspressen. Joghurt, Magerquark, Limettenschale und -saft vermischen. Gelatine ausdrücken und in einem Topf bei niedriger Temperatur erwärmen, bis sie sich aufgelöst hat.

- Die Gelatine mit etwas Joghurtmasse glatt rühren und gründlich unter die restliche Masse mischen. Sahne steif schlagen und vorsichtig unterheben. Die Käsekuchenmasse gleichmäßig auf die Förmchen verteilen und mindestens 4 Stunden – besser über Nacht – kalt stellen. Mit dem Schokoladenstift Pünktchen auf die Kuchen malen.

Ganz unscheinbar kommt dieser Kastenkuchen daher und plötzlich erscheint in seinem Inneren ein rosafarbener Schmetterling.

Kastenkuchen

mit verstecktem Schmetterling

Zubereitungszeit: 60 min | Backzeit: 2 x 45–50 min + 10 min Ruhezeit | Schwierigkeitsgrad: mittel

Zutaten

6 Eier
300 g Naturjoghurt
(2 Becher, je 150 g)
3 Becher Zucker (siehe Tipp)
1 Becher Rapsöl
6 Becher Mehl
3 TL Backpulver
Salz
Lebensmittelfarbe in Rot

Zubereitung

- Kastenform ausfetten und mit Semmelbrösel ausstäuben. Ofen auf 180° C Ober-/Unterhitze vorheizen. 3 Eier und 1,5 Becher Zucker cremig schlagen. 1/2 Becher Öl und 1 Becher Joghurt untermischen. 3 Becher Mehl, 1,5 TL Backpulver und 1 Prise Salz mischen und unterrühren. Lebensmittelfarbe hinzufügen. Teig in die Kastenform füllen und 45–50 Minuten backen.

- Den Kuchen auskühlen lassen und in 6 tiefe Kuchenstücke schneiden. Mit einem Plätzchenausstecher Schmetterlingsformen ausstechen.

- Den Ofen wieder auf 180° C Ober-/Unterhitze vorheizen. Eine Kastenform ausfetten und mit Semmelbrösel ausstäuben. Einen weiteren Teig wie oben zubereiten, diesen jedoch nicht einfärben. 1/4 des Teiges in die Form füllen. Die ausgestochenen Kuchenteile dicht an dicht darauf platzieren. Den restlichen Teig um und über die Kuchenstücke verteilen. Den Kuchen 45–50 Minuten backen. 10 Minuten in der Form stehen lassen, stürzen und auf einem Kuchenrost auskühlen lassen.

Tipps

- Für diesen Kuchen brauchst du keine Waage. Nutze den ausgespülten Joghurtbecher (150 g), um die restlichen Zutaten abzumessen.

- Du kannst den Teig auch mit Kakao einfärben. Füge dann aber 3–4 EL Milch hinzu.

zum VIDEO
http://www.topp-kreativ.de/let-s-bake-schmetterlingskuchen

BEACH

24 Stück

Zitronen-Cake-Pops

Zubereitungszeit: 30 min   Backzeit: 12-15 min + 10 min Kühlzeit   Schwierigkeitsgrad: mittel

Zutaten

1/2 Bio-Zitrone
100 g Butter
50 g Zucker
2 Eier
100 g Mehl
1 TL Backpulver
1 Prise Salz
200 g weiße Schokolade
Esspapier oder Zuckerstreusel

Zubereitung

- Eine Cake-Pop-Form einfetten und Ofen auf 180° C Ober-/Unterhitze vorheizen. Die Zitrone waschen, Schale abreiben und den Saft auspressen. Butter, Zucker und Zitronenschale cremig rühren. Eier einzeln untermischen, bis eine gleichmäßige Masse entsteht. Mehl, Backpulver und Salz vermischen und mit dem Zitronensaft unter den Teig rühren.

- Teig in die Hälfte der Form einfüllen, die keine Löcher hat. Die Seite mit den Löchern darauflegen und mit Klammern befestigen. Die Cake-Pops 12–15 Minuten backen, in der Form auskühlen lassen und dann vorsichtig herauslösen.

- Schokolade im Wasserbad schmelzen, das stumpfe Ende der Schaschlickspieße in die Schokolade tunken und in die Cake-Pops stecken. 10 Minuten kalt stellen, die Schokolade sollte nun fest sein. Den ganzen Cake-Pop in die Schokolade tauchen, in einer Drehbewegung abtropfen lassen, in einen Styropor® Block stecken und nach Belieben dekorieren.

Tipp

- Schöne Dekorationen kannst du auch aus Esspapier herstellen. Stich einfach mit einem handelsüblichen Papierstanzer die gewünschte Form aus und befestige sie auf dem Cake-Pop.

MENU

12 Stück

Schoko-Minze-Cupcakes

Zubereitungszeit: 40 min | Backzeit: 15–20 min | Schwierigkeitsgrad: mittel

Zutaten

50 g Butter
50 g Zartbitterschokolade
2 Eier
100 g Zucker
1 Päckchen Vanillezucker
100 ml Milch
150 g Mehl
2 TL Backpulver
1 Prise Salz
3 EL Kakaopulver
12 Minzschokoladentäfelchen (z. B. After Eight®)

125 g Magerquark
50 g Puderzucker
2 EL Kakaopulver
250 g Mascarpone

Zubereitung

- Die Butter schmelzen. Schokolade im Wasserbad schmelzen. Muffinform mit 12 Papierförmchen auslegen. Ofen auf 180° C Ober-/Unterhitze vorheizen. Eier, Zucker und Vanillezucker schaumig schlagen. Geschmolzene Butter mit der Milch mischen und unter die Eiermischung rühren. Mehl, Backpulver, Salz und Kakaopulver vermischen und mit einem Teigschaber unterheben. Zuletzt die Schokolade unter den Teig mischen. Diesen in die Muffinform geben und jedes Förmchen zu 2/3 befüllen. 6 Schokotäfelchen halbieren und je eine Hälfte in die Cupcakes stecken. 15–20 Minuten backen. Die Muffins warm aus der Muffinform lösen und auf einem Kuchengitter abkühlen lassen.

- Magerquark mit Puderzucker und Kakaopulver vermischen. Mascarpone cremig rühren und die Magerquarkmischung vorsichtig mit einem Teigschaber unterheben. In einen Spritzbeutel mit Sterntülle füllen und die Cupcakes damit verzieren. Schokotäfelchen vierteln und je zwei Stücke in das Frosting (siehe dazu auch Seite 120) stecken. Bis zum Servieren kühl stellen.

zum VIDEO
http://www.topp-kreativ.de/let-s-bake-frosting

Tipp

- Je größer die Spritztülle ist, desto hübscher lässt sich das Frosting auf die Cupcakes spritzen.

12 Stück

Cupcakes
mit Fondant-Rautenmuster

Zubereitungszeit: 40 min **Backzeit:** 15 min **Schwierigkeitsgrad:** mittel

Zutaten

75 g Butter
1 Vanilleschote
2 Eier
100 g Zucker
1 Päckchen Vanillezucker
75 g Milch
150 g Mehl
1,5 TL Backpulver
1 Prise Salz
125 g rosa Fondant
silberne Zuckerperlen

Zubereitung

- Butter schmelzen. Die Vanilleschote aufschneiden, das Mark auskratzen. Ofen auf 180° C Ober-/Unterhitze vorheizen. Muffinform mit Papierförmchen auskleiden. Eier, Zucker, Vanillezucker und Mark der Vanilleschote schaumig schlagen. Butter und Milch untermischen. Mehl mit Backpulver und einer Prise Salz mischen und vorsichtig mit einem Teigschaber unterheben. Den Teig in die Muffinform geben und jedes Förmchen zu 2/3 befüllen. Die Muffins 15 Minuten backen und auf einem Kuchengitter abkühlen lassen.

- Fondant zwischen Frischhaltefolie dünn ausrollen. Kreise mit 6 cm Durchmesser ausstechen. Mit der stumpfen Seite eines Messers dünne Rillen in das Fondant drücken, sodass ein Rautenmuster entsteht. Fondantkreise auf die Cupcakes legen und Zuckerperlen in die Kreuzungspunkte legen.

Nicht nur auf Ballerinas und Taschen ist das Rautenmuster ein absoluter Trend!

Ob als Tischkärtchenhalter bei deiner nächsten Feier oder als süße Überraschung – diese Kräutertöpfe bringen deine Gäste zunächst zum Grübeln.

4
Stück

Süße Kräutertöpfe

Zubereitungszeit: 45 min · Backzeit: 10 min + 4 h Kühlzeit · Schwierigkeitsgrad: mittel

Zutaten

100 g Zartbitterschokolade
2 kleine Eier
1 Prise Salz
50 ml Sahne
1 Päckchen Vanillezucker
40 g Butter
30 g Zucker
40 g Mehl
2 EL Kakaopulver
4 Minze-Stängel

Zubereitung

- Die Tontöpfchen (ø ca. 7,5 cm) auswaschen und gründlich trocknen. Für die Mousse au Chocolat die Schokolade hacken und im Wasserbad schmelzen. Eier trennen und das Eiweiß mit einer Prise Salz zu Schnee schlagen. Sahne mit dem Vanillezucker steif schlagen. Eigelb und Schokolade mit dem Handrührgerät vermischen. Erst die Sahne, danach den Eischnee mit einem Teigschaber unterheben. Die Tontöpfe mit der Mousse au Chocolat befüllen und mindestens 4 Stunden – am besten über Nacht – kalt stellen.

- Den Ofen auf 180° C Ober-/Unterhitze vorheizen. Butter, Zucker, Mehl und Kakao vermengen, bis Streusel entstehen. Ein Backblech mit Backpapier auslegen, die Streusel darauf verteilen und 10 Minuten backen. Die abgekühlten Streusel in einen Mixer füllen und zerkleinern, bis sie vom Aussehen an Erde erinnern. Die Streusel auf der Mousse verteilen. Vor dem Servieren jedes Töpfchen mit einem Minze-Stängel dekorieren.

Tipps

- Du kannst die Namen deiner Freunde auf Holzstäbchen schreiben und in die Töpfe stecken. So hast du witzige Namenskärtchen.

- Falls du keine Tontöpfe in der passenden Größe daheim hast, kannst du die Mousse auch in schöne Gläser füllen.

Diese Cupcakes sind der Traum eines jeden modebewussten Mädchens. Du betrittst mit ihnen unter tosendem Applaus den Laufsteg.

12 Stück

High-Heels-Cupcakes

Zubereitungszeit: 60 min Backzeit: 150 min Schwierigkeitsgrad: schwer

Zutaten

2 Eier
100 g Zucker
1 Päckchen Vanillezucker
75 g Butter
75 ml Milch
175 g Mehl
2 TL Backpulver
1 Prise Salz
4 EL Puderzucker
1–2 TL Zitronensaft
Waffelröllchen
Kekse in ovaler Form
75 g Magerquark
25 g Puderzucker
Lebensmittelfarbe in Rosa
125 g Mascarpone
bunte Zuckerstreusel

Zubereitung

- Ofen auf 180° C Ober-/Unterhitze vorheizen. Butter schmelzen und leicht abkühlen lassen. Muffinform mit Papierförmchen auslegen. Eier und Zucker schaumig schlagen. Geschmolzene Butter mit der Milch vermischen und unter die Eier-Zucker-Mischung rühren. Mehl mit Backpulver und Salz mischen und mit dem Teigschaber behutsam unterheben, bis ein gleichmäßiger Teig entsteht. Den Teig je zu 2/3 in die Papierförmchen geben. Die Muffins 15 Minuten backen und auf einem Kuchengitter abkühlen lassen.

- Puderzucker und Zitronensaft zu einem sehr dickflüssigen Zuckerguss verrühren. Die Waffelröllchen auf die Länge von 9 cm kürzen und schräg anschneiden. Die Cupcakes 1 cm vom Rand entfernt auf die Breite der Kekse einschneiden. Die Spitze der Kekse mit Zuckerguss bestreichen und diese in den Schlitz der Muffins stecken. Etwas Zuckerguss auf die schräge Seite der Waffelrollen geben und diese als Absatz an der unteren Seite der Kekse befestigen.

- Magerquark mit Puderzucker und Lebensmittelfarbe cremig rühren. Mascarpone verrühren und die Magerquark-Mischung vorsichtig unterheben. 2/3 des Frostings (siehe auch Seite 120) mit einem stumpfen Messer auf den Cupcakes verteilen. Den Rest in einen Spritzbeutel mit Sterntülle füllen und die Kekse damit umranden. Die Cupcakes mit Zuckerstreuseln verzieren und bis zum Servieren kalt stellen.

zum VIDEO
http://www.topp-kreativ.de/let-s-bake-cupcakes

Tipp

- Die Kekse werden durch das Frosting sehr weich. Cupcakes daher am besten erst kurz vor dem Servieren fertig stellen.

Hefeblume

Zubereitungszeit: 45 min **Backzeit:** 20 min + 45 min Gehzeit **Schwierigkeitsgrad:** schwer

Zutaten

110 ml Milch
1/2 Würfel Hefe
1 Prise Salz
25 g Zucker
25 g Butter
1 Ei
300 g Mehl
100 g Marmelade

Zubereitung

- 100 ml Milch lauwarm erhitzen. Hefe in die Milch hineinbröckeln und mit Salz, Zucker, Butter, Ei und Mehl vermengen. Teig auf einer bemehlten Arbeitsfläche 3–4 Minuten kräftig durchkneten. Den geschmeidigen Teig in eine Schüssel legen und mit einem Geschirrtuch abdecken. 45 Minuten an einem warmen Ort gehen lassen, bis er sein Volumen verdoppelt hat.

- Zwei Kreise (ø ca. 20 cm) auf Backpapier malen und ausschneiden. Den Teig in 6 gleichgroße Stücke teilen und jedes Stück dünn auf die Größe des Kreises ausrollen. Den ersten Teigkreis mit 25 g Marmelade bestreichen und einen weiteren Kreis drauflegen. Diesen wieder mit 25 g Marmelade bestreichen. Nun den dritten Kreis drauflegen. Auf diese Weise auch einen zweiten Stapel bilden.

- Den Ofen auf 180° C Ober-/Unterhitze vorheizen. Den Teigstapel in 12 Sonnenstrahlen schneiden, den Teig jedoch nicht komplett durchschneiden, da er in der Mitte zusammenhängen soll. Je zwei Stücke zweimal nach außen um die eigene Achse drehen und so aneinanderdrücken, dass eine Blumenform entsteht. Die Oberfläche mit der restlichen Milch bestreichen. Die Hefeblumen nacheinander 20 Minuten goldbraun backen.

Er liebt mich. Er liebt mich nicht. Er liebt mich … STOPP! Essen, genießen und weiterträumen!

zum VIDEO
http://www.topp-kreativ.de/let-s-bake-hefeblume

Mit dieser Torte, die sich in sanfte Pastelltöne gehüllt hat, wirst du dich auf deiner nächsten Party vor lauter Komplimenten nicht retten können.

Ombre-Torte

Zubereitungszeit: 1 h Backzeit: 4 x 20 min + 30 min Kühlzeit Schwierigkeitsgrad: schwer

Zutaten

300 g Butter
250 g Zucker
1 Päckchen Vanillezucker
6 Eier
250 g Mehl
75 g Speisestärke
1 Päckchen Backpulver
1 Prise Salz
50 ml Milch
Lebensmittelfarbe in Rot
1–2 TL Holunderblütensirup
90 g Marmelade
250 g Mascarpone
250 g Magerquark
50 g Puderzucker

Zubereitung

- Den Boden der Springform (ø 20 cm) mit Backpapier auslegen, Ränder fetten und mit Mehl ausstäuben. Ofen auf 180° C Ober-/ Unterhitze vorheizen. Butter, Zucker und Vanillezucker schaumig schlagen. Eier einzeln unterrühren. Mehl, Stärke, Backpulver und Salz vermischen und mit der Milch unter den Teig rühren.

- Den Teig vierteln und jeden Teil in einer anderen rosaroten Farbnuance einfärben. Hellsten Teig in die Form füllen, die restlichen Teige im Kühlschrank kalt stellen. Den ersten Kuchen 20 Minuten backen. Sofort aus der Form lösen und mit dem Backpapier auf einem Kuchengitter abkühlen lassen. Form unter kaltem Wasser abkühlen, säubern und wie oben vorbereiten. Restlichen Teige wie oben backen. Backpapier von den abgekühlten Böden abziehen und Böden mit einem langen, gezackten Messer begradigen.

- 50 ml Wasser mit Sirup vermischen. Den dunkelsten Boden mit 3 TL Flüssigkeit tränken und mit 30 g Marmelade bestreichen. Den zweiten Boden drauflegen, tränken und mit Marmelade besteichen. Torte zusammensetzen, den letzten Boden nur tränken.

- Den Quark mit Puderzucker glatt rühren und Mascarpone untermischen. Die Torte oben und an den Rändern mit der Hälfte der Creme bestreichen und 30 Minuten kühl stellen. 3 EL Creme beiseitestellen und mit dem Rest die Torte nochmals bestreichen. Die zur Seite gestellte Creme in einen Spritzbeutel mit kleiner Sterntülle füllen und Blumen an den Rand spritzen. Torte mit Zuckerperlen dekorieren und bis zum Servieren kühl stellen.

Freundinnenfrühstück, Kaffeekränzchen oder Klassenparty, hier kommt Süß-Stoff zum Feiern!

to party

Dieser Geburtstagskuchen ist nicht nur lecker fruchtig, sondern auch praktisch: Er wird gleich in seiner späteren Verpackung gebacken.

Geburtstags-kuchen im Glas

Zubereitungszeit: 10 min   Backzeit: 20–25 min   Schwierigkeitsgrad: einfach

Zutaten

1/2 Pfirsich
Butter für die Form
30 g Butter
25 g Zucker
3 gehäufte TL Apfelmus
65 g Mehl
1 Prise Salz
1/2 TL Backpulver
25 ml Milch

Zubereitung

★ Pfirsich waschen und in kleine Stücke schneiden. 2 Weckgläser à 160 ml mit etwas Butter ausfetten. Ofen auf 180° C Ober-/Unterhitze vorheizen.

★ Butter, Zucker und Apfelmus schaumig schlagen. Mehl, Salz und Backpulver gut mischen und unterrühren. Zuletzt Milch und Pfirsichstückchen untermischen. Die cremige Masse in die Weckgläser füllen und 20–25 Minuten backen. Vorsicht: Das Glas wird sehr heiß!

Tipp

★ Wenn du das Weckglas dicht verschließt, sobald du es aus dem Ofen holst, ist dein Kuchen ca. ein halbes Jahr haltbar. Bewahre ihn an einem kühlen Ort auf.

Kuhflecken-Brownies

Zubereitungszeit: 20 min **Backzeit:** 25 min **Schwierigkeitsgrad:** einfach

Zutaten

100 g Zartbitter-Kuvertüre
100 g Butter
3 Eier
100 g Zucker
1 Päckchen Vanillezucker
50 g Mehl
1 gehäufte Messerspitze Backpulver
2 EL Kakaopulver
50 g weiße Schokolade

Zubereitung

★ Die Zartbitter-Kuvertüre zerkleinern und gemeinsam mit der Butter im Wasserbad schmelzen. Ofen auf 180° C Ober-/Unterhitze vorheizen. Auflaufform (15 cm x 20 cm) fetten. Eier, Zucker und Vanillezucker mit dem Handrührgerät verrühren, bis eine helle schaumige Konsistenz erreicht wird. Heiße Schokoladenbutter unterrühren. Mehl, Backpulver und Kakao in einer zweiten Schüssel vermischen und ganz kurz unterrühren.

★ Weiße Schokolade klein hacken. Die Hälfte unter den Teig heben, diesen in die Auflaufform füllen und mit der restlichen Schokolade bestreuen. Die Brownies 25 Minuten backen und auf einem Kuchengitter abkühlen lassen.

Tipp

★ Warme Vanillesoße ist ein Traum zu diesen Brownies!

Die Kuhflecken-Brownies sind einfach tierisch lecker!

Zimtschnecken am Stiel

Zubereitungszeit: 30 min | Backzeit: 15 min + ca. 1 h Gehzeit | Schwierigkeitsgrad: mittel

Zutaten

150 ml Milch
25 g Hefe
1 TL Salz
1 TL Honig
100 g Butter
1 Ei
375 g Mehl
1 TL Zimt
2 EL Zucker

Zubereitung

- Milch lauwarm erhitzen. Hefe in die Milch hineinbröckeln und mit Salz, Honig, etwa 3/4 der Butter, Ei und Mehl vermengen. Den Teig auf einer bemehlten Arbeitsfläche 3–4 Minuten kräftig durchkneten, bis er eine geschmeidige Konsistenz erlangt. Den Teig in eine Schüssel legen, mit einem Geschirrtuch abdecken und 45 Minuten an einem warmen und luftzuggeschützten Ort gehen lassen, bis er sein Volumen verdoppelt hat.

- Die restliche Butter schmelzen. Den Teig 1 cm dick ausrollen und mit der Butter bestreichen. Zucker und Zimt darauf verteilen. Den Teig fest zu einer Rolle formen und mit einem Messer mit Wellenschliff in 1,5 cm dicke Schnecken schneiden. Mit etwas Abstand voneinander auf ein Backblech legen und nochmals 20 Minuten gehen lassen.

- Den Ofen auf 180° C Ober-/Unterhitze vorheizen. Die Schnecken 15 Minuten backen. In die abgekühlten Hefeschnecken Holzstäbchen stecken.

Diese Zimtschnecken sind das perfekte Mitbringsel für die nächste Klassenparty! Dank der Holzstäbchen müssen nicht einmal Teller organisiert werden.

I ♥ Pizza

2 Stück

Fruchtige Pizza

Zubereitungszeit: 30 min | Backzeit: 10 min + 45 min Gehzeit | Schwierigkeitsgrad: mittel

Zutaten

10 g frische Hefe
1 Prise Salz
1/2 TL Honig
1 EL Olivenöl
200 g Mehl
150 ml saure Sahne
2 EL Zucker
400 g gemischtes Obst

Zubereitung

★ Hefe in 100 ml lauwarmes Wasser hineinbröckeln und mit Salz, Honig, Öl und Mehl vermengen. Den Teig auf einer bemehlten Arbeitsfläche 3–4 Minuten kräftig durchkneten, bis er eine geschmeidige Konsistenz erlangt. Teig in eine Schüssel legen, mit einem Geschirrtuch abdecken und 45 Minuten an einem warmen und luftzuggeschützten Ort gehen lassen, bis er sein Volumen verdoppelt hat.

★ Den Ofen auf 200° C Ober-/Unterhitze vorheizen. Teig zweiteilen und jeweils dünn ausrollen. Saure Sahne und Zucker vermischen. Jede Pizza mit der sauren Sahne bestreichen und 10 Minuten backen. Obst waschen, kleinschneiden und auf der Pizza verteilen.

Wer hat eigentlich gesagt, dass Pizza immer herzhaft belegt werden muss? Diese fruchtige Variante begeisterte schon meine ganze Familie!

12 Stück

Schoko-Rote-Grütze-Muffins

Zubereitungszeit: 20 min Backzeit: 20 min Schwierigkeitsgrad: einfach

Zutaten

125 g Butter
100 g Zucker
1 Päckchen Vanillezucker
2 Eier
250 g Mehl
3 EL Kakaopulver
1 TL Backpulver
1 Prise Salz
100 ml Milch
12 EL rote Grütze

Zubereitung

- Muffinform mit Papierförmchen auskleiden. Ofen auf 180° C Ober-/Unterhitze vorheizen. Butter, Zucker und Vanillezucker schaumig schlagen. Eier hinzugeben und zu einer cremigen Masse verrühren. Mehl, Kakaopulver, Backpulver und Salz vermischen und untermengen. Zuletzt die Milch hinzugeben.
- Den Teig in die Muffinform geben und jedes Förmchen zu 2/3 befüllen. Die Muffins 20 Minuten backen und auf einem Kuchengitter abkühlen lassen.
- Die Muffins oberhalb der Papierförmchen aufschneiden, 1 EL rote Grütze draufgeben und den Deckel wieder draufsetzen.

Rote Beeren und Schokolade sind wie Romeo und Julia. Möchtest du dir dieses Traumpaar entgehen lassen?!

Pfirsich-Melba-Grießkuchen

Zubereitungszeit: 20 min   Backzeit: 20 min   Schwierigkeitsgrad: einfach

Zutaten

5–6 harte Pfirsiche
100 g Butter
500 g Joghurt
(z. B. Pfirsich-Maracuja)
4 Eier
75 g Zucker
1 Päckchen Vanillezucker
200 g Mehl
200 g Grieß
1 Packung Backpulver
1 Prise Salz
100 g Himbeeren
20 g Zucker

Zubereitung

★ Pfirsiche waschen und in dünne Spalten schneiden. Butter schmelzen. Ofen auf 180° C Ober-/Unterhitze vorheizen. Butter, Joghurt, Eier, Zucker und Vanillezucker mit dem Handrührgerät verrühren. Mehl, Grieß, Backpulver und Salz vermischen und unter die Joghurt-Eier-Mischung heben.

★ Ein Backblech mit etwas Wasser anfeuchten und mit Backpapier belegen. Den Teig auf dem Backpapier verteilen und die Pfirsichspalten dicht an dicht darauf schichten. Den Kuchen 20 Minuten backen.

★ Himbeeren waschen und mit dem Zucker pürieren. Die Soße zum Kuchen servieren.

Tipp

★ Durch das angefeuchtete Backblech bleibt das Backpapier darauf kleben und verschiebt sich beim Verteilen des Teiges nicht.

Dieser Kuchen war der Hit bei meiner letzten Geburtstagsparty! Jeder wollte im Anschluss das Rezept mit nach Hause nehmen.

XO
XO

XOXO-Kekse

Zubereitungszeit: 15 min **Backzeit:** 5-7 min + 30 min Kühlzeit **Schwierigkeitsgrad:** mittel

Zutaten

70 g Butter
200 g Mehl
1 TL Backpulver
2 EL Kakaopulver
75 g Zucker
1 Päckchen Vanillezucker
1 Ei
1 Prise Salz

Zubereitung

- Die Butter in kleine Stückchen schneiden. Mehl mit Backpulver vermischen. Die restlichen Zutaten zugeben und mit den Knethaken des Handrührgeräts vermengen. Danach auf einer bemehlten Arbeitsfläche mit den Händen zu einem geschmeidigen Teig verkneten. Eine Kugel formen und in Frischhaltefolie einwickeln. 30 Minuten im Kühlschrank ruhen lassen.

- Den Ofen auf 180° C Ober-/Unterhitze vorheizen. Den Mürbeteig 1/2 cm dick ausrollen, Buchstabenschablonen auf den Teig legen und mit einem scharfen Messer ausschneiden. Die Buchstaben auf ein mit Backpapier ausgelegtes Blech legen und 5–7 Minuten backen. Die Kekse sollten beim Herausnehmen noch nicht ganz fest sein.

Du möchtest jemandem sagen, wie gerne du ihn hast? Mit diesen „hugs-and-kisses"-Keksen sind nicht mehr viele Worte nötig.

Tipps

- XOXO kennst du vielleicht vom Chatten. Die Buchstaben stehen für „hugs and kisses" – als Kekse sind das sicherlich die süßesten „Umarmungen und Küsse"!

- Schneide dir für die Buchstaben einfach Schablonen aus Pappe zurecht.

10 Stück

Knasti-Brüder

Zubereitungszeit: 15 min **Schwierigkeitsgrad:** einfach

Zutaten

10 Marshmallows
100 g Zartbitterschokolade

Zubereitung

- ★ Die Schokolade im Wasserbad schmelzen. Marshmallows auf Schaschlikspieße oder Paperstraws stecken. Die Marshmallows zu einem Drittel in die Schokolade eintauchen und mit dem Stiel in Styropor stecken.
- ★ Einen Schaschlikspieß in die Schokolade tunken und damit Augen auf die Marshmallows malen.

Tipp

- ★ Paperstraws sind Papierstrohhalme, die du in vielen Online-Shops und auch in gut sortierten Dekoläden findest. Sie sind in diversen Mustern und Farben erhältlich.

Diese Knast-Insassen sind einfach zum Reinbeißen. Die Kombi von Marshmallow und Schokolade schmeckt mir mörderisch gut!

Sonnenkuchen

Zubereitungszeit: 20 min — Backzeit: 50-60 min — Schwierigkeitsgrad: einfach

Zutaten

125 g Butter
200 g Zucker
1 Päckchen Vanillezucker
3 Eier
250 g Mehl
1/2 Päckchen Backpulver
1 Prise Salz
1 Bio-Zitrone
2 TL Kurkuma

Zubereitung

- ★ Butter, Zucker und Vanillezucker cremig schlagen. Die Eier einzeln unterrühren, bis ein gleichmäßiger Teig entsteht. Mehl, Backpulver und Salz vermischen und unter den Teig rühren.
- ★ Den Ofen auf 180° C Ober-/Unterhitze vorheizen. Den Teig teilen. Die Zitrone waschen, Schale abreiben und den Saft auspressen. Zitronenschale, Zitronensaft und Kurkuma unter die eine Teighälfte mischen.
- ★ Den gelben Teig in die gefettete Kuchenform geben. Den hellen Teig draufgeben und mit einer Gabel untermischen. Den Kuchen 50–60 Minuten backen.

Tipp

- ★ Keine Panik! Kurkuma ist geschmacksneutral.

Dieser sonnengelbe Kastenkuchen zaubert wirklich jedem ein Lächeln ins Gesicht!

lecker
Mandelblüte
yummy!
I like

16 Stück

Pie-Pops

Zubereitungszeit: 30 min | Backzeit: 8–10 min + 30 min Kühlzeit | Schwierigkeitsgrad: mittel

Zutaten

70 g Butter
200 g Mehl
1 TL Backpulver
1 Prise Salz
75 g Zucker
1 Päckchen Vanillezucker
1 Ei
100 g Marmelade
Mandeln zur Verzierung

Zubereitung

★ Butter in kleine Stückchen schneiden. Mehl mit Backpulver vermischen. Die restlichen Zutaten zugeben und mit den Knethaken des Handrührgeräts vermengen. Danach auf einer bemehlten Arbeitsfläche mit den Händen zu einem geschmeidigen Teig verkneten, zu einer Kugel formen und in Frischhaltefolie einwickeln. 30 Minuten im Kühlschrank ruhen lassen.

★ Den Ofen auf 180° C Ober-/Unterhitze vorheizen. Den Teig 3 mm dünn ausrollen, für jeden Pie-Pop 2 Kreise ausstechen. Die erste Form wird auf das Backpapier gelegt und mittig dünn mit Marmelade bestrichen. Einen ofenfesten Stiel leicht in den Teig drücken. Aus den restlichen Kreisen kleine Motive ausstechen. Den zweiten Kreis auf den ersten legen und den Rand rundherum mit einer Gabel festdrücken.

★ Das zweite Ei verquirlen und die Pie-Pops damit einstreichen. Nun können auch noch kleine Blumen mit Mandeln auf die Pops gelegt werden. Die Pie-Pops 8–10 Minuten goldbraun backen. Auf einem Kuchenrost abkühlen lassen.

Ob Freibad mit der ganzen Clique oder mit der besten Freundin. Diese Handpies müssen einfach mit!

Colatorte

Zubereitungszeit: 20 min Backzeit: 50–60 min Schwierigkeitsgrad: leicht

Zutaten

2 Eier
150 g Zucker
200 ml Sonnenblumenöl
200 ml Cola
200 ml Milch
300 g Mehl
1 Päckchen Backpulver
1/4 TL Natron
30 g Kakaopulver
1 Prise Salz
150 g Vollmilch-Kuvertüre

Zubereitung

★ Den Ofen auf 180° C Ober-/Unterhitze vorheizen. Eier und Zucker schaumig schlagen. Öl, Cola und Milch in einem großen Messbecher mischen und unter den Teig rühren. Mehl, Backpulver, Natron, Kakao und Salz vermischen und unterrühren.

★ Den Teig in eine gefettete Springform (ø 20 cm) geben und 50–60 Minuten backen. Den Kuchen auf einer Tortenplatte auskühlen lassen. Die Kuvertüre schmelzen und auf dem Kuchen verteilen.

Ob beim Geburtstag, beim Brunch mit Freunden oder auf der Familienfeier – jeder wird große Augen machen, wenn du erzählst, dass sich Cola im Kuchen versteckt!

Tipp

★ So leicht verpasst du dem Cola-Kuchen einen anderen Anstrich: Schmelze weiße Schokolade und Candy Melts statt der Vollmilch-Kuvertüre, verteile diese auf dem Kuchen und verziere ihn mit Zuckerperlen (siehe dazu auch Coverfoto).

21 Stück

Fondant-Kekse

Zubereitungszeit: 40 min | Backzeit: 7-10 min + 30 min Kühlzeit | Schwierigkeitsgrad: mittel

Zutaten

70 g Butter
200 g Mehl
1 TL Backpulver
1 Prise Salz
75 g Zucker
1 Päckchen Vanillezucker
1 Ei
250 g Rollfondant in Rosa
125 g Rollfondant in Weiß
Schokoladenstift in Weiß

Zubereitung

★ Butter in kleine Stückchen schneiden. Mehl mit Backpulver vermischen. Die restlichen Zutaten zugeben und mit den Knethaken des Handrührgeräts vermengen. Danach auf einer bemehlten Arbeitsfläche mit den Händen zu einem geschmeidigen Teig verkneten, zu einer Kugel formen und in Frischhaltefolie einwickeln. 30 Minuten im Kühlschrank ruhen lassen.

★ Den Ofen auf 180° C Ober-/Unterhitze vorheizen. Den Mürbeteig 1/2 cm dick ausrollen und ca. 7 cm große Kreise ausstechen. Diese auf ein mit Backpapier ausgelegtes Backblech legen und 7–10 Minuten backen.

★ Den rosa Rollfondant 1/2 cm dick ausrollen und 6 cm große Kreise ausstechen, leicht auf der Rückseite anfeuchten und auf die Kekse legen. Den weißen Rollfondant ausrollen und Sterne ausstechen. Die Rückseite wiederum anfeuchten und auf die rosa Kreise legen. Den Stern mit dem Schokoladenstift umranden.

Wenn der Postbote diesen süßen Gruß aus der Küche bringt, freut sich Groß und Klein.

HOME
MADE

to enjoy

Mit Freunden oder allein, diese Genießer-rezepte sind perfekt, wenn du es dir mal so richtig gut gehen lassen willst!

Das ist die saftigste Apfeltarte, die ich kenne. Achtung: Suchtgefahr!

Vegane Apfeltarte

Zubereitungszeit: 15 min | Backzeit: 40–45 min | Schwierigkeitsgrad: einfach

Zutaten

100 g pflanzliche Margarine
80 g Zucker
1 Päckchen Vanillezucker
5 gehäufte EL Apfelmus
175 g Mehl
2 TL Backpulver
1 Prise Salz
50 ml Sojamilch
1 großer Apfel
10 g Zimt und Zucker
3 EL gehobelte Mandeln

Zubereitung

★ Eine Springform (ø 20 cm) ausfetten und mit Mehl ausstreuen. Den Ofen auf 180° C Ober-/Unterhitze vorheizen. Margarine mit Zucker und Vanillezucker cremig schlagen. Apfelmus untermischen. Mehl mit Backpulver und Salz mischen und mit dem Handrührgerät unter den Teig rühren. Zuletzt die Sojamilch untermischen. Den Teig in die Form füllen.

★ Den Apfel waschen, schälen, in Spalten schneiden und strahlenförmig auf dem Kuchen verteilen. Mit Zimt, Zucker und Mandeln bestreuen. Den Kuchen 40–45 Minuten backen.

Tipp

★ Falls es für dich nicht ausschlaggebend ist, ob die Tarte vegan ist, kannst du die Sojamilch auch durch normale Milch ersetzen.

Aprikosen-Crumble

Zubereitungszeit: 20 min   Backzeit: 15 min   Schwierigkeitsgrad: einfach

Zutaten

400 g Aprikosen
50 g Butter
50 g Zucker
75 g Mehl
25 g kernige Haferflocken
1/2 TL Zimt

Zubereitung

- Aprikosen waschen, entkernen, grob hacken und gleichmäßig auf 8 kleine oder 4 große Förmchen verteilen. Den Ofen auf 180° C Ober-/Unterhitze vorheizen. Butter, Zucker, Mehl, Haferflocken und Zimt mit den Händen zu Streuseln reiben und auf den Aprikosen verteilen.

- Die Crumbles ca. 15 Minuten backen und lauwarm servieren. Die Crumbles sind fertig, wenn etwas Obstsaft an die Oberfläche steigt.

Tipp

- Probiere einen Crumble doch mal mit deinem Lieblingsobst aus!

An verregneten Tagen* gibt es nichts, was das Herz mehr erwärmt, als dieser heiße Gruß aus dem Ofen.

*oder auch bei Liebeskummer

MEINE
REZEPTE

Heidelbeer-Stachelbeer-Galette

Zubereitungszeit: 20 min **Backzeit:** 30 min + 30 min Kühlzeit **Schwierigkeitsgrad:** einfach

Zutaten

200 g Mehl
1 Prise Salz
1 TL Zucker
100 g kalte Butter
40 ml eiskaltes Wasser
250 g Heidelbeeren
50 g rote Stachelbeeren
etwas Honig
1 Ei
10 ml Milch

Zubereitung

- Mehl, Salz und Zucker mischen. Die Butter würfeln und grob unter den Teig bröseln. Das Wasser hinzufügen und alles rasch zu einem glatten Teig verkneten. Zu einer Kugel formen, in Frischhaltefolie wickeln und 30 Minuten im Kühlschrank kalt stellen.

- Den Ofen auf 180° C Ober-/Unterhitze vorheizen und ein Backblech mit Backpapier belegen. Den Teig rund ausrollen und auf das Blech legen. Beeren waschen, mittig auf der Galette verteilen und mit Honig beträufeln. Den freigelassenen Rand leicht über die Füllung klappen und festdrücken.

- Das Eigelb verquirlen, mit der Milch vermischen und den Rand damit bestreichen. Die Galette 30 Minuten goldbraun backen.

Tipp

- Du kannst auch kleine Herzen aus dem Teig ausstechen und sie auf den Beeren verteilen.

Dieses Rezept solltest du dir sofort in dein Lieblingsrezepte-Notizbuch schreiben und nie wieder vergessen!

Knusprig, cremig und fruchtig – eine bessere Kombination gibt es nicht! Deine Freunde werden es dir sicherlich bestätigen!

4 Stück

Blaubeer-Tartelettes
auf Vanillegrund

Zubereitungszeit: 20 min | Backzeit: 8 min + 30 min Kühlzeit | Schwierigkeitsgrad: einfach

Zutaten

70 g Butter
200 g Mehl
1 TL Backpulver
1 Prise Salz
75 g Zucker
1 Päckchen Vanillezucker
1 Ei
50 g weiße Schokolade
1 Päckchen Vanille-Puddingpulver
500 ml Milch
2 EL Zucker
200 g Blaubeeren

Zubereitung

- Die Butter in kleine Stückchen schneiden. Mehl mit Backpulver vermischen. Salz, Zucker, Vanillezucker und das Ei zugeben und mit dem Knethaken des Handrührgeräts vermengen. Danach auf einer bemehlten Arbeitsfläche mit den Händen zu einem geschmeidigen Teig verkneten, eine Kugel formen und in Frischhaltefolie einwickeln. 30 Minuten im Kühlschrank ruhen lassen.

- Den Ofen auf 180° C Ober-/Unterhitze vorheizen. Den Teig in 4 Stücke teilen und zwischen zwei Schichten Frischhaltefolie auf die Dicke von 1/2 cm und die Größe der Tartelette-Förmchen ausrollen. Den Teig in die Förmchen legen und den Boden mehrmals mit einer Gabel einstechen. Tartelettes 8 Minuten auf mittlerer Schiene backen und auf einem Kuchengitter abkühlen lassen.

- Die Schokolade im Wasserbad schmelzen, auf den Boden der abgekühlten Tartelettes streichen und fest werden lassen. Den Pudding mit Milch und 2 EL Zucker nach Packungsanweisung zubereiten und warm in die Tartelettes füllen. Die Blaubeeren waschen und rasch auf den Tartelettes verteilen.

Auch wenn die Pavlova nach einer russischen Balletttänzerin benannt wurde, schmeckt sie ganz bestimmt nicht nur einer Primaballerina.

5 Stück

Mini-Pavlova

Zubereitungszeit: 30 min Backzeit: 90 min Schwierigkeitsgrad: mittel

Zutaten

5 Eiweiß
1 Prise Salz
1 Spritzer frischer Zitronensaft
300 g feiner Zucker
25 g Mandelplättchen
100 g Sahne
100 g Magerquark
100 g Brombeeren

Zubereitung

- Den Backofen auf 100° C Umluft vorheizen. Eiweiß mit einer Prise Salz und dem Zitronensaft zu Eischnee steif schlagen. Den Zucker einrieseln lassen und währenddessen weiterschlagen. Der Eischnee sollte so steif sein, dass man einen Messerschnitt erkennen kann.
- Auf ein mit Backpapier ausgelegtes Backblech Pavlovas aus je 2–3 EL Baisermasse geben, eine Mulde in der Mitte formen und 90 Minuten lang im Ofen trocknen lassen.
- Mandelplättchen ohne Fett bei geringer Hitze in einer beschichteten Pfanne rösten. Die Sahne steif schlagen und den Magerquark cremig rühren. Beides vermischen und auf den kalten Baisers verteilen. Die Pavlovas mit Brombeeren und Mandeln dekorieren.

Tipp

- Bei der Zubereitung ist es wichtig, dass Rührschüssel und Handrührgerät komplett sauber und fettfrei sind. Außerdem darf kein Eigelb in das Eiweiß gelangen.

Niemand kann mit Omas Kuchen mithalten. Dieser saftige Kirschkuchen ist deswegen fest in meinem Herzen verankert und bringt mich auch bei dem schlechtesten Wetter zum Lächeln.

Saftiger Kirsch-Nuss-Kuchen

Zubereitungszeit: 30 min **Backzeit:** 45 min **Schwierigkeitsgrad:** mittel

Zutaten

4 Eier
1 Prise Salz
150 g Butter
150 g Zucker
1 Päckchen Vanillezucker
125 g gemahlene Haselnüsse
125 g Vollkornmehl
2 TL Backpulver
125 g Schokoladenstreusel
1 Glas Sauerkirschen
1 TL Zimt

Zubereitung

★ Die Backform mit Butter einfetten und mit Mehl ausstreuen. Den Ofen auf 180° C Ober-/Unterhitze vorheizen. Eier trennen. Eiweiß mit einer Prise Salz zu Eischnee schlagen. Butter, Zucker, Vanillezucker und Eigelb mit dem Handrührgerät schaumig schlagen. Haselnüsse, Mehl, Backpulver und Schokoladenstreusel mischen und unterrühren.

★ Die Kirschen abtropfen lassen und mit Zimt unter den Teig rühren. Zuletzt den Eischnee behutsam unterheben. Den Teig in die Form geben und 45 Minuten backen.

Tipp

★ Falls dein Teig recht dick ist, kannst du 1–2 EL Kirschsaft untermischen.

Der Tassenkuchen ist genau das Richtige, wenn der Heißhunger auf Süßes zu jeder Tages- und Nachtzeit ruft oder es mal ganz flott gehen soll.

Mug-Cake aus der Mikrowelle

Zubereitungszeit: 5 min **Backzeit:** 2 min **Schwierigkeitsgrad:** einfach

Zutaten

1 EL Butter
1 Ei
3 EL Milch
1 Päckchen Vanillezucker
2 EL Zucker
6 EL Mehl
1/2 TL Backpulver
1 Prise Salz
Puderzucker zur Dekoration

Zubereitung

- Butter in der Mikrowelle schmelzen und mithilfe eines Schneebesens gründlich mit dem Ei verrühren. Die restlichen Zutaten untermischen. Teig auf zwei mikrowellenfeste Tassen (à 150 ml) verteilen und 2 Minuten bei 560 Watt in der Mikrowelle backen. Warm und mit Puderzucker bestäubt servieren.

Tipp

- Fülle deine Tasse nicht zu voll, denn der Teig verdreifacht seine Größe!

Diese Schokoladenwaffeln sind
das Must-have für ein perfektes
Picknick mit deinem Schwarm!

10 Stück

Schokoladen-Buttermilch-Waffeln

Zubereitungszeit: 30 min · Backzeit: 5 min + 5 min Ruhezeit · Schwierigkeitsgrad: einfach

Zutaten

100 g Butter
75 g Zucker
1 Päckchen Vanillezucker
4 Eier
125 g Dinkel-Vollkornmehl
125 g Weizenmehl
2 EL Kakaopulver
1 gestrichener TL Backpulver
1 Prise Salz
250 ml Buttermilch

Zubereitung

- Butter, Zucker und Vanillezucker mit dem Handrührgerät cremig rühren. Jedes Ei einzeln unterrühren. Dinkelmehl, Weizenmehl, Kakaopulver, Backpulver und Salz vermischen. Mehlmischung und Buttermilch unterrühren. Den Teig 5 Minuten ruhen lassen.

- Das Waffeleisen aufheizen und mit etwas Butter ausfetten. Je eine große Schöpfkelle Teig in das Waffeleisen füllen und die Waffeln goldbraun backen. Die Waffeln zum Servieren auf einer Tortenplatte stapeln und mit Puderzucker bestäuben.

Müslibrötchen, ein leckeres Getränk und ein gutes Buch – der perfekte Start in ein entspanntes Wochenende!

12 Stück

Müslibrötchen

Zubereitungszeit: 30 min | Backzeit: 15 min + 65 min Gehzeit | Schwierigkeitsgrad: mittel

Zutaten

25 g Walnüsse
25 g Haselnüsse
120 ml Milch
20 g Hefe
1 Prise Salz
50 g Honig
30 g Butter
1 Ei
300 g Mehl
50 g Cranberries
1 Eigelb

Zubereitung

- Walnüsse und Haselnüsse grob hacken. 100 ml Milch lauwarm erhitzen. Hefe in die Milch hineinbröckeln und mit Salz, Honig, Butter, Ei, Mehl, Walnüssen, Haselnüssen und Cranberries gut vermengen. Teig auf einer bemehlten Arbeitsfläche 3–4 Minuten kräftig durchkneten, bis er eine geschmeidige Konsistenz hat. Den Teig in eine Schüssel legen, mit einem Geschirrtuch abdecken und 45 Minuten an einem warmen und luftzuggeschützten Ort gehen lassen, bis er sein Volumen verdoppelt hat.

- Den Ofen auf 180° C Ober-/Unterhitze vorheizen. Aus dem Teig 12 Brötchen formen und weitere 20 Minuten gehen lassen. Währenddessen die restliche Milch und das Eigelb verquirlen und die Brötchen alle 5 Minuten damit bestreichen, bis sie in den Ofen geschoben werden. Die Brötchen 15 Minuten backen und auf einem Kuchenrost abkühlen lassen.

Tipp

- Wenn du magst, kannst du die Cranberries auch durch 75 g Schokoladentropfen ersetzen.

Die besten Einfälle sind spontane Einfälle – so auch diese Soße. Zum American Cheesecake ist sie ein absoluter Traum!

American Cheesecake

mit Holunderblüten-Kirsch-Soße

Zubereitungszeit: 45 min Backzeit: 50 min + 2 Tage Ziehzeit Schwierigkeitsgrad: einfach

Zutaten

200 g Butterkekse
125 g Butter
50 g gemahlene Haselnüsse
3 Eier
125 g Zucker
1 Packung Vanillezucker
1 Prise Salz
250 g Magerquark
600 g Frischkäse (Doppelrahmstufe)
4 Holunderblüten-Dolden
500 ml Kirschsaft
1 1/2 EL Vanille-Puddingpulver

Zubereitung

★ Kuchenform mit Butter einfetten. Ofen auf 180° C Ober-/Unterhitze vorheizen. Butterkekse in einen Gefrierbeutel füllen und mit dem Teigroller fein zerbröseln. Butter schmelzen und mit den Keksen und Haselnüssen vermengen. Keksmischung als Boden in die Springform drücken und 10 Minuten vorbacken.

★ Eier, Zucker, Vanillezucker und Salz mit dem Handrührgerät schaumig schlagen. Magerquark und Frischkäse untermischen. Käsemasse auf dem Keksboden verteilen und 40 Minuten backen. Kuchen mit einem flachen Messer vom Rand lösen und in der Form auskühlen lassen. Nicht im Kühlschrank kühlen, da der Kuchen sonst Risse bekommt.

★ Holunderblüten mit Kirschsaft in eine verschließbare Flasche füllen und zwei Tage an einem kühlen Ort ziehen lassen. Saft durch Sieb abseihen und in einer Schüssel auffangen. 4 EL Saft mit Puddingpulver glatt rühren. Den restlichen Saft aufkochen, Puddingpulver untermischen und eine Minute köcheln lassen. In heiß ausgewaschene Flaschen füllen, gut verschließen und auskühlen lassen. Cheesecake mit der Kirsch-Holunderblüten-Soße servieren.

Wichtig!

★ Die Kirsch-Holunderblüten-Soße muss schon zwei Tage vorher angesetzt werden.

★ Falls Holunder gerade nicht blüht, kannst du auch 50 ml Holunderblütensirup nehmen. Die Ziehzeit fällt dadurch natürlich weg.

Karottenkuchen in Herzform

Zubereitungszeit: 20 min **Backzeit:** 45 min + 30 min Kühlzeit **Schwierigkeitsgrad:** mittel

Zutaten

350 g Karotten
1/2 Bio-Zitrone
5 Eier
125 g Zucker
1 Packung Vanillezucker
120 ml Sonnenblumenöl
200 g Mehl
100 g gemahlene Mandeln
1 Päckchen Backpulver
1 Prise Salz
200 g weiße Schokolade

Zubereitung

- Karotten schälen und klein raspeln. Zitrone waschen, Schale abreiben und mit dem Saft der halben Zitrone unter die Karotten mischen. Kuchenform fetten. Ofen auf 180° C Ober-/Unterhitze vorheizen. Eigelbe, 50 g Zucker und Vanillezucker schaumig schlagen und das Öl unterrühren. Mehl, Mandeln und Backpulver vermischen und unterheben.

- Karottenraspeln unter den Teig rühren. Eiweiß mit dem restlichen Zucker und dem Salz zu Eischnee schlagen und unterheben. Teig in die Form füllen und 45 Minuten im unteren Drittel des Ofens backen.

- Den Kuchen zum Herzen zuschneiden: Zwei flache Halbmonde an der unteren Hälfte des Kuchens wegschneiden und für die Herzrundung an die obere Hälfte legen. Zwischen diesen beiden Stückchen ein Dreieck ausschneiden, damit sich eine Kerbe ergibt.

- Die weiße Schokolade klein hacken und im Wasserbad schmelzen. Kuchenstücke mit etwas Schokolade aneinander befestigen. Die Hälfte der Schokolade auf dem Kuchen und am seitlichen Rand verteilen. Kuchen 30 Minuten im Kühlschrank kalt stellen bis die Schokolade fest geworden ist. Die restliche Schokolade, falls nötig, erneut schmelzen und den Kuchen nochmals damit bestreichen.

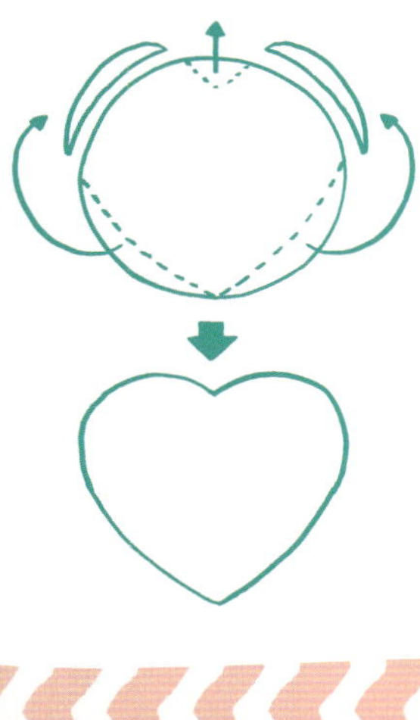

So leicht kannst du aus einer einfachen Kuchen-Form ein Herz zaubern!

Dieser Mandelkuchen zählt zu meinen Lieblingskuchen. Er sorgt für eine wahre Geschmacksexplosion im Mund.
HOME
MADE

Dekorierter Mandelkuchen

Zubereitungszeit: 20 min **Backzeit:** 35 min **Schwierigkeitsgrad:** mittel

Zutaten

1 Bio-Zitrone
50 g weiße Kuvertüre
120 g Butter
100 g Zucker
1 Päckchen Vanillezucker
3 Eier
100 ml Milch
150 g Mehl
150 g Mandeln
1 Päckchen Backpulver
1 Prise Salz
Puderzucker zum Bestäuben

Zubereitung

- Tarteform fetten und mit Mehl ausstäuben. Die Zitrone waschen, Schale abreiben und den Saft auspressen. Kuvertüre klein hacken und im Wasserbad schmelzen. Den Ofen auf 180° C Ober-/Unterhitze vorheizen. Butter, Zucker, Vanillezucker und Zitronenschale cremig schlagen. Eier trennen und Eigelbe unter die Buttercreme rühren.

- Zitronensaft, Milch und geschmolzene Schokolade untermischen. Mehl, Mandeln und Backpulver vermischen und unterrühren. Das Eiweiß mit einer Prise Salz zu Eischnee schlagen und vorsichtig unterheben. Den Teig in die Form geben, glatt streichen, 35 Minuten backen und auf einem Kuchengitter abkühlen lassen. Die Tarte mit Puderzucker dekoriert servieren.

Tipp

- Mit hübschen Schablonen kannst du deinen Kuchen mit einer persönlichen Nachricht versehen.

Picknick im Grünen, Pausenfreude oder Nervennahrung für den Stadtbummel – diese Leckereien gehen immer!

to go

B
A
I
S
E
R

Bunte Baisers

Zubereitungszeit: 15 min Backzeit: 90 min Schwierigkeitsgrad: mittel

Zutaten

3 Eiweiß
1 Prise Salz
1 Spritzer Zitronensaft
150 g feiner Zucker
Lebensmittelfarben

Zubereitung

- Den Ofen auf 90° C Umluft vorheizen. Das Eiweiß mit Salz und Zitronensaft zu Eischnee schlagen. Den Zucker einrieseln lassen und so lange unterrühren, bis er sich komplett aufgelöst hat und eine feste, glänzende Masse entstanden ist.

- Den Teig dritteln und jeweils mit einer anderen Lebensmittelfarbe einfärben. In einen Spritzbeutel mit Sterntülle füllen und große Tupfen auf ein Backpapier spritzen. Die Baisers 90 Minuten lang im Ofen bei 90° C trocknen lassen.

Tipp

- Die Baisers sind innen noch schön cremig. Magst du sie lieber komplett getrocknet, lass sie nochmal 1 Stunde im ausgeschalteten Ofen bei geschlossener Tür weitertrocknen.

Farben ahoi! Diese Baisers sind ein absoluter Hingucker!

12 Stück

Himbeer-Haselnuss-Muffins

Zubereitungszeit: 20 min · Backzeit: 20 min · Schwierigkeitsgrad: einfach

Zutaten

100 g Zucker
1 Päckchen Vanillezucker
150 g Mehl
50 g gemahlene Haselnüsse
1 Prise Salz
2 TL Backpulver
80 g Butter
125 ml Wasser mit Kohlensäure
2 Eier
150 g Himbeeren

Zubereitung

- Den Ofen auf 180° C Ober-/Unterhitze vorheizen. Eine Muffinform mit Papierförmchen auslegen. Zucker, Vanillezucker, Mehl, Haselnüsse, Salz und Backpulver mischen. Butter schmelzen und mit Wasser und den Eiern vermischen. Die Butter-Ei-Masse unter die vermengten trockenen Zutaten rühren. Zuletzt behutsam die Himbeeren unterheben.

- Den Teig in die Muffinform geben und jedes Förmchen zu 2/3 befüllen. Die Muffins 20 Minuten backen und auf einem Kuchengitter abkühlen lassen.

Diese luftigen Muffins verdanken ihre Lockerheit einer Geheimzutat (psssst: dem Sprudel).

Lemon
Curd

8
Stück

Scones

Zubereitungszeit: 20 min | Backzeit: 15–20 min | Schwierigkeitsgrad: leicht

Zutaten

400 g Mehl
1 Prise Salz
100 g Zucker
2 TL Backpulver
100 g Butter
1 Ei
110 ml Milch

Zubereitung

- Ofen auf 180° C Ober-/Unterhitze vorheizen. Ein Backblech mit Backpapier belegen. Mehl, Salz, Zucker und Backpulver miteinander vermischen. Die Butter in kleinen Stückchen mit den Händen unterkneten, bis Flöckchen entstehen und der Teig eine krümelige Konsistenz annimmt. Das Ei mit 100 ml Milch verrühren, zum Teig geben und solange mit den Händen untermischen, bis alle Zutaten grob verbunden sind.

- Den Teig auf dem Backblech zu einer 2 cm dicken Platte formen, in 8 Kuchenstücke schneiden und diese mit einigen Zentimetern Abstand platzieren. Scones mit der restlichen Milch bestreichen und 15–20 Minuten backen, bis die Oberfläche goldbraun ist.

Tipp

- Bei Scones muss man zügig arbeiten und den Teig möglichst wenig bearbeiten, damit er später nicht zäh wird.

Diese Scones sind nicht nur für die englische Teatime optimal, sondern auch der perfekte Start in den Tag beim Brunch mit deinen besten Freundinnen!

12 Stück

Aprikosen-Tartelettes

Zubereitungszeit: 30 min · Backzeit: 5 min + 30 min Kühlzeit · Schwierigkeitsgrad: einfach

Zutaten

70 g Butter
200 g Mehl
1 TL Backpulver
1 Prise Salz
75 g Zucker
1 Päckchen Vanillezucker
1 Ei
250 g Aprikosen
40 g gehobelte Mandeln
4 EL Zimt und Zucker

Zubereitung

- Butter in kleine Stückchen schneiden. Mehl mit Backpulver vermischen. Salz, Zucker, Vanillezucker und Ei zugeben und mit den Knethaken des Handrührgeräts vermengen. Auf einer bemehlten Arbeitsfläche mit den Händen zu einem geschmeidigen Teig verkneten. Eine Kugel formen und in Frischhaltefolie einwickeln. 30 Minuten im Kühlschrank ruhen lassen.
- Ofen auf 180° C Ober-/Unterhitze vorheizen und die Muffinform einfetten. Aprikosen waschen und in Scheiben schneiden. Mürbeteig 1/2 cm dick ausrollen. Mit einem Glas (ø 6–7 cm) Kreise ausstechen. Kreise in die Förmchen drücken und je drei Aprikosenscheiben in die Mulde legen.
- Mandeln darauf verteilen und mit Zimt und Zucker bestreuen. 5 Minuten auf unterster Schiene backen. Die Tartelettes erst aus der Muffinform lösen, wenn sie ausgekühlt sind.

Hat deine Oma auch einen Aprikosenbaum im Garten? Dann setze dich in seinen Schatten und genieße diese Tartelettes …

Egal ob Kino, gemütlicher Mädelsabend oder Chorprobe, diese Kekse waren immer mein treuer und gern gesehener Begleiter.

35 Stück

Haferflocken-Erdnussbutter-Kekse

Zubereitungszeit: 20 min Backzeit: 15 min Schwierigkeitsgrad: leicht

Zutaten

150 g Haferflocken
125 ml Milch
2 gestrichene TL Backpulver
100 g Mehl
50 g Schokoladenstreusel
50 g Butter
50 g Erdnussbutter
50 g Zucker
1 Päckchen Vanillezucker

Zubereitung

- Ofen auf 180° C Ober-/Unterhitze vorheizen. Die Haferflocken mit Milch, Backpulver, Mehl, Schokoladenstreuseln, Butter, Erdnussbutter, Zucker und Vanillezucker zu einem formbaren Teig verkneten.

- Kleine Kugeln aus dem Teig formen und auf ein mit Backpapier ausgelegtes Backblech legen. Die Kekse 15 Minuten backen.

Tipp

- Die Bällchen lassen sich mit feuchten Händen besser formen. Also zwischendurch einfach mal die Hände unter fließendes Wasser halten!

good
luck

15 Stück

Schokoladene Müsliriegel

Zubereitungszeit: 15 min   Backzeit: 45 min   Schwierigkeitsgrad: einfach

Zutaten

3 EL flüssiger Honig
250 ml Kondensmilch
100 g gemischte Nüsse (z. B. Mandeln, Walnüsse, Haselnüsse)
250 g kernige Haferflocken
75 g Schokostreusel
50 g Zartbitterschokolade

Zubereitung

- Den Ofen auf 180° C Ober-/Unterhitze vorheizen. Honig und Kondensmilch miteinander verrühren. Nüsse fein hacken und mit Haferflocken und Schokoladenstreuseln unter die Honig-Milch-Masse mischen. Auflaufform (15 cm x 15 cm) mit Backpapier auslegen und die Mischung darauf verteilen, sodass eine ca. 2 cm dicke Schicht entsteht. Mit einem Teigschaber oder einem Plastik-Frühstücksbrettchen festdrücken. Die Müsliplatte 45 Minuten lang backen. Falls die Oberfläche zu dunkel wird, diese mit etwas Alufolie abdecken.

- Schokolade schmelzen, in einen Spritzbeutel füllen und mit einer ganz kleinen Öffnung dünne Schokoladenschlieren auf der Müsliplatte verteilen. Die ausgekühlte Platte mit einem scharfen Messer in 15 Müsliriegel schneiden.

Tipp

- Falls du allergisch auf Nüsse reagierst, kannst du diese auch durch 100 g Trockenobst ersetzen.

Die perfekte Nervennahrung to go. Gestärkt mit diesen Müsliriegeln packst du jede Prüfung!

Veganes Bananenbrot

Zubereitungszeit: 15 min Backzeit: 45 min Schwierigkeitsgrad: einfach

Zutaten

3 reife Bananen
250 g Weizenmehl
25 g gemahlene Haselnüsse
50 g Zucker
2 TL Backpulver
2 EL Sonnenblumenöl
100 ml Sojamilch

Zubereitung

- Ofen auf 180° C Ober-/Unterhitze vorheizen. Bananen schälen und mit einer Gabel zerdrücken. Mehl, Nüsse, Zucker und Backpulver vermischen. Die restlichen Zutaten zugeben und mit den Knethaken des Handrührgeräts gründlich verrühren, bis ein dickflüssiger Teig entsteht. Statt der Sojamilch kannst du übrigens auch normale Milch nehmen, wenn das Brot für dich nicht vegan sein muss.

- Eine Kastenform einfetten und mit Semmelbrösel ausstreuen. Den Teig in die Form füllen und 45 Minuten backen.

Dieses Brot schmeckt sicherlich nicht nur deinen veganen Freunden. Durch seine leichte Süße eignet es sich auch super als Frühstück und gibt dir Energie für den Tag.

FÜR DICH
& MICH

6 Stück

Toasthörnchen

Zubereitungszeit: 15 min Backzeit: 10 min Schwierigkeitsgrad: einfach

Zutaten

6 frische Vollkorn-Toastbrotscheiben
2 TL Butter
40 g Nutella

Zubereitung

- Eine halbe Muffinform mit Papierförmchen auskleiden. Ofen auf 180° C Ober-/Unterhitze vorheizen. Die Ränder der Toastscheiben abschneiden und das Toastinnere mit einem Nudelholz dünn ausrollen. Die Butter schmelzen und die oberen Seiten der ausgewellten Toastscheiben mit einem Pinsel bestreichen.

- Die anderen Toastseiten sparsam mit Nutella bestreichen. Mit der Nutellaseite nach innen die dünnen Toastscheiben von einer Ecke zur anderen aufrollen. Wie ein Hörnchen formen und jeweils in ein Förmchen der Muffinform legen. Die Hörnchen 10 Minuten backen.

Tipp

- Die Hörnchen lassen sich besonders gut mit frischem Toastbrot formen.

Als meine Freundin diese süßen Toasthörnchen für unser gemeinsames Frühstück gebacken hat, war ich im Nu in dieses simple Rezept verliebt. Fix zusammengerollt und wunderbar knusprig!

Hübsch verpackt sind
diese köstlichen Hefe-
Bonschen ein einfach
süßes Mitbringsel.

40 Stück

Hefe-Bonschen

Zubereitungszeit: 30 min | Backzeit: 10 min + 60 min Gehzeit | Schwierigkeitsgrad: mittel

Zutaten

100 ml Milch
20 g frische Hefe
1 Prise Salz
50 g Zucker
25 g Butter
1 Ei
50 g Schokoladentropfen
300 g Mehl

Zubereitung

- Milch lauwarm erhitzen. Hefe in die Milch hineinbröckeln und mit Salz, Zucker, Butter, Ei, Schokoladentropfen und Mehl vermengen. Den Teig auf einer bemehlten Arbeitsfläche 3–4 Minuten kräftig durchkneten, bis er eine geschmeidige Konsistenz erlangt. Den Teig in eine Schüssel legen, mit einem Geschirrtuch abdecken und 45 Minuten an einem warmen und luftzuggeschützten Ort gehen lassen, bis er sein Volumen verdoppelt hat.

- Ofen auf 180° C Ober-/Unterhitze vorheizen. Mit den Händen 40 kleine Kugeln formen und jeweils mit etwas Abstand auf ein mit Backpapier ausgelegtes Backblech legen. Die Hefekugeln weitere 15 Minuten gehen lassen, dann 10 Minuten backen.

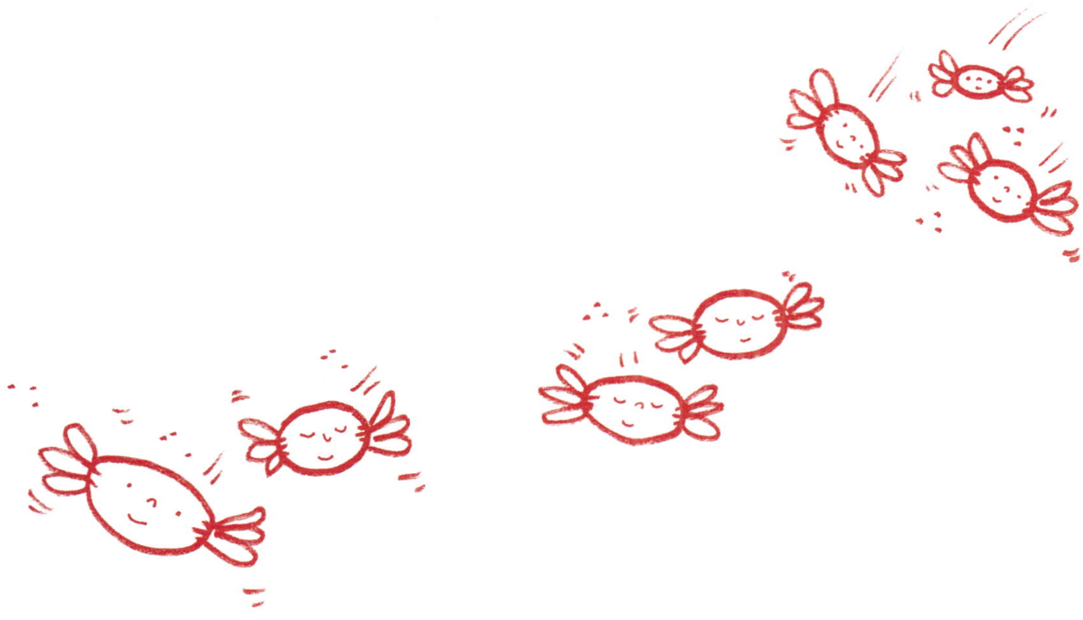

with Love.
for you
made by me
made by me
with Love
with Love
for you
for you

Doppelkekse mit Kakao-Botschaft

10 Stück

Zubereitungszeit: 45 min | Backzeit: 7 min + 45 min Ruhezeit | Schwierigkeitsgrad: mittel

Zutaten

70 g Butter
200 g Mehl
1 TL Backpulver
75 g Zucker
1 Päckchen Vanillezucker
1 Ei
1 Prise Salz
100 g Vollmilch-Kuvertüre
50 ml Sahne
2 EL Kakaopulver

Zubereitung

- Butter in kleine Stückchen schneiden. Mehl mit Backpulver vermischen. Zucker, Vanillezucker, Ei und Salz zugeben und mit den Knethaken vermengen. Auf einer bemehlten Arbeitsfläche mit den Händen zu einem geschmeidigen Teig verkneten. Eine Kugel formen und in Frischhaltefolie einwickeln. 30 Minuten im Kühlschrank ruhen lassen.

- Ofen auf 180° C Ober-/Unterhitze vorheizen. Mürbeteig 1/2 cm dick ausrollen, Kreise ausstechen und auf ein mit Backpapier ausgelegtes Backblech legen. Die Kekse 7 Minuten backen und auf einem Kuchengitter abkühlen lassen.

- Vollmilchschokolade klein hacken und in eine Schüssel füllen. Die Sahne erhitzen und über die Schokolade geben. 5 Minuten ruhen lassen, dann mit einem Löffel die geschmolzene Schokolade und die warme Sahne verrühren, bis sich beides verbindet. Masse weitere 10 Minuten ruhen lassen.

- Die Hälfte der Kekse mit einem Klecks Schokoladencreme versehen. Jeweils einen Keks ohne Schokolade draufsetzen und leicht andrücken. Cappuccino-Schablonen auf die Kekse legen und Kakao darübersieben. Schablonen vorsichtig wieder entfernen.

25 Stück

Blätterteigstangen

Zubereitungszeit: 5 min Backzeit: 8–10 min Schwierigkeitsgrad: einfach

Zutaten

10 g Butter
1 Rolle Blätterteig
2 Päckchen Brausepulver
Zuckerherzen zum Dekorieren

Zubereitung

- Den Ofen auf 180° C Ober-/Unterhitze vorheizen und ein Backblech mit Backpapier auslegen. Die Butter schmelzen, den ausgerollten Blätterteig dünn damit bestreichen und mit Brausepulver bestreuen.
- Blätterteig in 1 cm dicke Streifen schneiden, verzwirbeln und auf das Backblech legen. Die Stangen mit Zuckerherzen dekorieren und 8–10 Minuten backen.

Schnell verzwirbelt und hübsch verpackt. Diese Blätterteigstangen sind bei deinem nächsten Filmabend der Blockbuster!

Mit einem Happs sind sie im Mund verschwunden. Perfekt für viele Freunde, die alle etwas vom Kuchen abbekommen möchten.

18 Stück

Zitronen-Mohn-Minigugl

Zubereitungszeit: 20 min   Backzeit: 15 min   Schwierigkeitsgrad: mittel

Zutaten

70 g Butter
100 g Mehl
100 g Puderzucker
1 Ei
1 TL Backpulver
1 Prise Salz
1 TL Mohn
80 g ungesüßter Naturjoghurt
4 EL Zitronensaft

Zubereitung

- Butter schmelzen. 20 ml davon abmessen und die Minigugl-Silikonform damit einstreichen. Die Form mit 1 EL Mehl ausstäuben. Ofen auf 180° C Ober-/Unterhitze vorheizen. Die restliche Butter mit 50 g Puderzucker und dem Ei glatt rühren. Restliches Mehl mit Backpulver, Salz und Mohn mischen und unter die Masse heben. Zuletzt Joghurt und 3 EL Zitronensaft untermischen.

- Den Teig in einen Spritzbeutel füllen und in die Guglförmchen spritzen. Die Gugl 15 Minuten backen. Kurz auskühlen lassen und aus der Form lösen. Den restlichen Puderzucker und Zitronensaft zu einem Guss verrühren und die Gugl damit besprenkeln.

Tipp

- Statt einem Spritzbeutel kannst du den Teig auch einfach in einen Gefrierbeutel füllen und eine untere Ecke vom Beutel abschneiden.

Meine Tipps für noch größeres Backvergnügen

Backtipps für dich
I LOVE

Nützliche Grundlagen beim Backen

- Mit einer **Schürze** werden deine Klamotten nicht dreckig.
- **Hände waschen nicht vergessen!** Auch wenn es trivial klingt, ist es wirklich wichtig und sollte nicht vergessen werden.
- **Backpulver** immer mit den trockenen Zutaten vermengen, damit der Teig gleichmäßig aufgehen kann.
- Nutze die **Stäbchenprobe**, um zu testen, ob der Kuchen durchgebacken ist: Stecke dazu einen Zahnstocher oder einen Schaschlikspieß in den Kuchen. Bleibt kein Teig daran kleben, ist der Kuchen fertig und kann aus dem Ofen geholt werden.
- Ich backe gerne mit **Margarine**, da sie weicher als Butter ist und sich leichter verarbeiten lässt.
- **Mürbeteig** rollst du am besten zwischen zwei **Frischhaltefolien** oder einem aufgeschnittenen Gefrierbeutel aus. So können auch kleine Risse problemlos ausgebessert werden.
- Eier haben nie die gleiche Größe und jedes Mehl hat eine etwas andere Beschaffenheit. Wenn dein Mürbe- oder Hefeteig **zu klebrig** ist, füge einfach noch etwas Mehl hinzu. Wenn dein Rührteig **zu fest** ist, kannst du etwas Milch hinzufügen. Mit ein wenig Übung bekommst du ein Gefühl für die richtige Konsistenz der Teige.
- Hebst du eine Zutat unter, rührst du diese vorsichtig und kurz mit dem Schneebesen oder einem Teigschaber unter den Teig. Rührst oder mischst du eine Zutat unter, nutzt du das Handrührgerät.

Backformen vorbereiten

Je nach Teig gibt es unterschiedliche Arten eine Kuchenform vorzubereiten.

- Bei Mürbeteig reicht es aus, wenn du die Form einfettest: Verteile etwas Margarine auf einem Küchenpapier und streiche die Form damit aus. Du kannst die Margarine auch mit den Fingern in der Form verteilen.
- Backst du einen Rührkuchen, solltest du die Form zusätzlich mit Mehl oder Semmelbrösel ausstreuen.
- Willst du nicht so viel Fett verwenden, lege deine Kuchenform mit Backpapier aus. Bei einer Springform bietet es sich an, das Backpapier in den Boden einzuspannen und nur die Seiten der Form einzufetten.
- Bei Blechkuchen befeuchtest du das Backblech am besten mit etwas Wasser. Das Backpapier verrutscht dann nicht mehr.

Lebensmittelfarbe

- Es gibt diverse Arten von Lebensmittelfarben. Flüssige und pulverförmige Lebensmittelfarben findest du in vielen Supermärkten. Sie eignen sich gut, wenn du Toppings oder Flüssigkeiten einfärben willst.
- Möchtest du Teigen einen bunten Anstrich verpassen, ist meist sehr viel Lebensmittelfarbe nötig. Mit geleeartigen Lebensmittelfarben erzielst du hier die besten Ergebnisse. Die Anschaffung lohnt sich vor allem dann, wenn du regelmäßig backen willst. Geleeartige Lebensmittelfarben findest du in den meisten Läden für Backzubehör oder im Internet.

Alternative Backmöglichkeiten

- Du möchtest eine kleine Springform (ø 20 cm) statt einer großen Springform (ø 26 cm) nutzen? Dann halbiere die Teigmenge. Werden im Originalrezept 3 Eier verwendet, nutze 1 großes oder 2 kleine Eier. Die Backzeit bleibt in der Regel gleich. Um sicherzugehen, dass der Kuchen gar ist, nutze die Stäbchenprobe.

- Hast du zu viel Teig übrig, kannst du damit ein paar Muffins backen. Hier bieten sich vor allem Silikonförmchen an, da sie sehr platzsparend sind und zusammen mit dem Kuchen in den Ofen passen.

- Du möchtest einen Kuchen als Muffins backen? Gar kein Problem! Einfach die Backzeit auf 15–20 Minuten reduzieren.

Alternative Zutaten

- Die Hälfte des Mehls lässt sich immer problemlos mit Dinkel-Vollkornmehl ersetzen. Du kannst es dir im Reformhaus sogar frisch mahlen lassen oder in den meisten Supermärkten abgepackt kaufen. Der Kuchen wird dadurch sättigender und bekommt eine wundervolle Note.

- Wenn du 50 g Mehl durch 40 g gemahlene Haselnüsse ersetzt, wird dein Kuchen herrlich nussig!

- Obst kannst du meistens nach Lust und Laune variieren. Achte darauf, dass die Obstsorte eine ähnliche Flüssigkeitsmenge hat. Ersetzt du frische Früchte durch die tiefgefrorene Variante, kann der Kuchen wässrig werden.

Hefeteig
Grundrezept

Zutaten

100 ml Milch
20 g Hefe
1 TL Salz
1 TL Honig
50 g Butter
1 Ei
300 g Mehl

Zubereitung

★ Milch lauwarm erhitzen. Hefe in die Milch hineinbröckeln und mit Salz, Honig, Butter, Ei und Mehl vermengen. Teig auf einer bemehlten Arbeitsfläche 3–4 Minuten kräftig durchkneten, bis er eine geschmeidige Konsistenz erlangt. Teig in eine Schüssel legen, mit einem Geschirrtuch abdecken und 45 Minuten an einem warmen und luftzuggeschützten Ort gehen lassen, bis er sein Volumen verdoppelt hat.

Tipps

★ Nutze für deinen Hefeteig immer lauwarmes Wasser bzw. lauwarme Milch. Ist die Flüssigkeit zu kalt, kann die Hefe nicht gut aufgehen. Ist die Flüssigkeit zu warm, geht die Hefe kaputt.

★ Achte bei der Zubereitung von Hefeteig darauf, dass er keinen Luftzug bekommt. Halte am besten Fenster und Türen geschlossen.

★ Wenn du den Ofen auf 30° C aufheizt und danach wieder ausschaltest, ist dies der perfekte Ort, um deinen Hefeteig gehen zu lassen.

★ Hefeteig kannst du auch über Nacht im Kühlschrank aufgehen lassen.

★ Denke an eine ausreichend große Schüssel. Vor allem über Nacht im Kühlschrank nimmt der Hefeteig stark an Volumen zu!

Mürbeteig

Grundrezept

Zutaten

70 g Butter
200 g Mehl
1 TL Backpulver
1 Prise Salz
75 g Zucker
1 Päckchen Vanillezucker
1 Ei

Zubereitung

★ Butter in kleine Stückchen schneiden. Mehl mit Backpulver vermischen. Die restlichen Zutaten zugeben und mit den Knethaken des Handrührgeräts vermengen. Danach auf einer bemehlten Arbeitsfläche mit den Händen zu einem geschmeidigen Teig verkneten. Eine Kugel formen und in Frischhaltefolie einwickeln. Den Teig 30 Minuten im Kühlschrank ruhen lassen.

Tipps

★ Knete deinen Mürbeteig nicht zu lange, da er sonst brüchig werden kann.

★ Mürbeteig sollte vor dem Ausrollen mindestens 30 Minuten im Kühlschrank ruhen. So lässt er sich leichter bearbeiten.

★ Hol deinen Mürbeteig immer in kleinen Portionen aus dem Kühlschrank. Wenn er kühl ist, lässt er sich besser ausrollen und bricht nicht.

Frostings

Frostings sind süße Cremehäubchen auf Cupcakes. Ich benutze sie aber auch, um Torten einzustreichen. Hier verrate ich dir mein Lieblingsrezept:

Zutaten

125 g Magerquark
50 g Puderzucker
ggf. Lebensmittelfarbe
250 g Mascarpone

Zubereitung

- Magerquark, Puderzucker und Lebensmittelfarbe vermischen. Die Mascarpone in einer separaten Schüssel kurz cremig rühren und untermischen. Das Frosting in einen Spritzbeutel füllen und die Cupcakes damit verzieren.

Tipps

- Man darf Mascarpone nicht zu lange schlagen, da sie sonst ausflockt. Hier ist schnelles und konzentriertes Arbeiten gefragt.
- Du magst dein Frosting süßer? Dann füge etwas mehr Puderzucker hinzu.
- Mit 100 g pürierten Früchten kannst du deinem Topping eine fruchtige Note verleihen.
- Je größer die Tülle ist, desto einfacher lässt sich ein hübsches Topping auf deinen Cupcake spritzen.
- Einwegspritzbeutel findest du in gut sortierten Supermärkten. Du kannst aber auch einen Gefrierbeutel befüllen und unten eine kleine Ecke abschneiden.
- Mit einer Tülle bringst du dein Frosting in Form.

zum VIDEO

http://www.topp-kreativ.de/let-s-bake-frosting

Schokolade schmelzen

Schokolade schmilzt am besten im Wasserbad oder auch in der Mikrowelle.

Zutaten

Schokolade
oder Kuvertüre

Schokolade im Wasserbad schmelzen

- Die Schokolade oder Kuvertüre grob hacken und in eine Edelstahlschüssel geben. Einen Topf halbvoll mit Wasser füllen. Das Wasser erhitzen, aber nicht köcheln lassen. Die Schüssel so in den Topf hängen, dass sie den Topfboden nicht berührt. Die Schokolade bei gelegentlichem Rühren durch die indirekte Hitze schmelzen.

Tipps

- Im Wasserbad sollte das Wasser nicht mit der Schokolade in Berührung kommen, da die Schokolade sonst verklumpt.
- Kocht das Wasser, wird die Schokolade zu stark erhitzt und glänzt hinterher nicht mehr so schön.

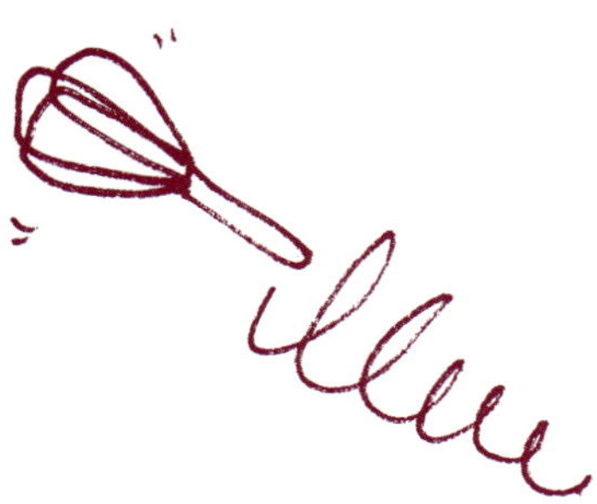

Schokolade in der Mikrowelle schmelzen

- Die Schokolade fein hacken, in eine mikrowellenfeste Schüssel geben und bei geringer Wattzahl in der Mikrowelle schmelzen. Die Schüssel alle paar Sekunden aus der Mikrowelle holen und die Schokolade immer wieder verrühren.

Ob du dein Gebäck verschenken oder für deine nächste Geburtstagsparty pimpen möchtest – ein bisschen Deko-Schnickschnack macht immer ordentlich was her!

Dekorieren & verschönern

Dekorieren und Verschönern

★ Aus Masking Tape oder buntem Papier kannst du schöne Formen ausschneiden und sie mit etwas Klebefilm an einem Zahnstocher befestigen.

★ Mit ausgeschnittenen Buchstaben lassen sich nette Botschaften via Kuchen mitteilen.

★ Schöne Girlanden oder kleine Fähnchen entstehen aus buntem Masking Tape (gibt es in den meisten Bastelläden) oder zurechtgeschnittenem bunten Karton und einem Faden, der an Schaschlikspießen oder an bunten Paperstraws festgeknotet ist. Das geht schnell und sieht toll aus!

★ Mit bunten Zuckerstreuseln kannst du dein Gebäck wunderbar verzieren.

★ Handelsübliche Papierstanzer verwandeln Esspapier in schöne Deko-Elemente. Das geht ratzfatz!

★ Mit Schablonen und Puderzucker oder Kakaopulver zauberst du im Handumdrehen hübsche Muster oder Botschaften auf deine Kekse und Kuchen.

★ Wenn du Papieranhänger bestempelst und an deinem Lieblingskuchen mit einem schönen Faden festbindest, verwandelst du ihn ruckzuck in ein tolles und leckeres Geschenk.

Buchtipps für dich!

Noch mehr kreative Ideen findest du in diesen Büchern:

TOPP 5955
ISBN 978-3-7724-5955-5

TOPP 7516
ISBN 978-3-7724-7516-0

TOPP 5696
ISBN 978-3-7724-5696-1

TOPP 5899
ISBN 978-3-7724-5899-6

TOPP 6346
ISBN 978-3-7724-6346-4

TOPP 5881
ISBN 978-3-7724-5881-1

TOPP 5974

ISBN 978-3-7724-5974-0

TOPP 7901

ISBN 978-3-7724-7901-4

TOPP 4192

ISBN 978-3-7724-4192-9

TOPP 6331

ISBN 978-3-7724-6331-0

TOPP 6353

ISBN 978-3-7724-6353-2

TOPP 7239

ISBN 978-3-7724-7239-8

TOPP 4093

ISBN 978-3-7724-4093-9

TOPP 4030

ISBN 978-3-7724-4030-4

TOPP 4035

ISBN 978-3-7724-4035-9

Danksagung

Danken möchte ich meiner Mutter und meiner Großmutter, die mir die Liebe zum Backen vererbt haben. Meiner Familie und meinem Freund Dominik, die mich bei allem unterstützen, was ich anpacke! Herzlichen Dank an Nancy, die immer ein offenes Ohr und Auge für mich hatte. Ein herzliches Dankeschön geht auch an meine großartige Jessy. Danke auch an Emilia, Agata und Verena fürs Modeln! Außerdem möchte ich Vanessa, Rebekka, Lena, Selena, Eva, Graziella, Katha und Barbara für das Testbacken danken! Nicht vergessen seien alle meine Blogleser, bei denen ich mich für die Unterstützung und die lieben Worten zu meinem Blog bedanken möchte. Herzlichen Dank an Angela Vornefeld für die gute Betreuung. Vielen Dank auch an die Firmen rice (Odense, DK), Rico Design (Brakel), RBV Birkmann (Halle in Westfalen) und Folia (Wendelstein) für die großartige Unterstützung.

Impressum

ALLE REZEPTE UND FOTOS: MARIA PANZER (WWW.MARYLICIOUS.DE)
COVERFOTO: FRECHVERLAG GMBH, 70499 STUTTGART; LICHTPUNKT, MICHAEL RUDER, STUTTGART
KONZEPT UND PRODUKTMANAGEMENT: Angela Vornefeld
LEKTORAT: Angelika Sust
LAYOUT, ILLUSTRATIONEN UND SATZ: Lydia Keßner
DRUCK UND BINDUNG: Finidr s.r.o., Tschechische Republik

2. Auflage 2015

ISBN 978-3-7724-8003-4 • Best.-Nr. 8003